푸른
시인선
017

석양이 비껴간 방

황경운 시집

푸른생각
PRUNSAENGGAK

푸른시인선 017

석양이 비껴간 방

초판 1쇄 인쇄 · 2019년 7월 25일
초판 1쇄 발행 · 2019년 7월 31일

지은이 · 황경운
펴낸이 · 김화정
펴낸곳 · 푸른생각

편집 · 지순이 | 교정 · 김수란
등록 · 2004년 10월 29일 제2019−000161호
주소 · 서울시 마포구 토정로 222, 402호(신수동, 한국출판콘텐츠센터)
대표전화 · 031) 955−9111(2) | 팩시밀리 · 031) 955−9114
이메일 · prun21c@hanmail.net
홈페이지 · http://www.prun21c.com

ISBN 978−89−91918−74−0   03810
값 9,500원

푸른생각은 도서출판 푸른사상사의 자회사입니다.

석양이 비껴간 방

초등학교 시절-시 한 편이 뽑혀 우쭐대며
가슴속 묻어둔 동심, 긴긴 겨울잠 털고
늦바람 걸음을 합니다.

편편이 쌓여 있는 시편들,
덜 여물어 부끄러움이 앞서지만
내 마지막 길 하나 지울 수 없어
시 사랑에 젖어듭니다.

거울 앞에 설 때마다 가난한 영혼,
방점을 찍고 솔직하고 싶습니다.

봄바람이 나뭇잎을 흔들어대고
창가엔 달빛이 서성입니다.
나는 누구인가, 시고픈 밤 고독을 뒹굴다
뮤즈를 숨죽여 부르며-자리끼 한 그릇
베갯머리에 놓아둡니다.

2019년 여름
방배동 일우에서
지헌(芝軒) 황경운

제2부 숲속의 소리

제3부 간이역

제4부 혼자가 아니다

제
1
부

쉼
표

나

우주의
단 하나뿐 점 하나
푸른 존재 찾아간다

웃음 속에 눈물 속에
만나주는 길을 찾아간다

있는 모습 그대로
흐르는 세상 같이 보며
잠시 머무르는 점 하나

머문 듯 가는 세월
흐름 따라가며
언젠가 사라질 점 하나

마침표 찍을 때까지 가슴 불태울
나를 찾아 나선다

걸어온 날들

살아 있어 가야 하는 길
지금껏 걸어온 날들
어제와 같아

눈물도 괴로움도
되돌아보면
그립고 추억으로 포장된다

꿈을 키우며 별을 세는 젊은 날
도적맞은 듯 지나간 세월

아픔 슬픔 치유하기엔
너무 긴긴 여운이 있어

지치고 힘에 부쳐도
나 몰라라 버려진 수많은 나날들

환하게 열려진 길
굽이굽이 험한 골짝 넘나들며
시간이 맺어준 나의 반려

석양이 비껴간 방

석양이 비껴간 방
하루가 저물어갑니다

위만 보고 날을 접으니
그림자만 길어집니다

일상 빈자리 채워보지만
잡히지 않는 실마리

마음에 영원 새기고
가슴 지피는 맑은 노래

한계와의 고뇌
유리하는 객기에
바닥을 치고 있습니다

나중 된 자라고 채찍 들지만
뒤돌아서게 하면
나중이 먼저 된 날이 있기에

나를 익어가게 하소서

영혼도 익어지기를

매일 뜨고 지는 태양 새로울 게 없지만
절로 흘러가는 시간 따라
울고 웃는 드라마 같은 사람살이

필연의 소용돌이
비껴갈 수 없는 길

나이 무게
존재의 한계 가벼워짐 어쩔 수 없네
하릴없는 일상
갈무리한 삶의 편린들
표표히 흘려보낸다

매일 뜨고 지는 태양 새로울 게 없지만
세월 나며 들며
새날 열어가는 기다림에
열 푸른 기운 솟아나네
속절없이 속아온 세월이여
세월 익는 날, 영혼도 익어지기를

심은 대로 거두는

거짓이 지나간 자리
흔적은 없지만
가슴에 남는 생채기
지울 길 없습니다

거짓이 몸부림치는 세상
나 하나쯤이야 입버릇 되어
겹겹이 포개지는
불신의 응어리들

삶의 갈피마다
심은 대로 거두는
대자연
거짓 없는 순환 깨우쳐줍니다

잠시 떠나 있다 오겠습니다
거짓 약속 되어버린
65년 나이테
마음에 그려봅니다

빈집

고요하다
아무도 오지 않는 방
스산한 바람이 두들긴다

처음 먼 길 떠난 아들
벽에 걸린 사진 쳐다보며
억지웃음 풀어놓았다

만나고 헤어지고
가고 오는 세월 앞에
비껴갈 사람 누구일까

곰팡이 핀 사진첩 뒤적이며
시름 달래보지만
못다 한 정 뼛속으로 사무친다

괘종(掛鐘)시계 우는 밤
땡, 땡, 땡,
삼 년 지나 오마더니

타는 밤

또 지새우는구나

구름

잿빛 구름 걷히고
눈부신 파란 하늘 가을인가
수북이 쌓인 잎새 지는 가을인가
구름처럼 흘러가는 사계 따라
형제의 이름 불러본다
용운(龍雲) 성운(聖雲) 영운(榮雲)
봉운(鳳雲) 경운(景雲) 학운(鶴雲)

거처 없듯 덧없이 흘러
바람 따라 춤추듯
하늘에서 몰아치는 곡예
잠시 쉬어 가는 해그늘에서
먼 길 떠난 형제의 환상이 아른거린다

이름 따라 구름 되어 떠났을까
경운(景雲) 학운(鶴雲)만 남아
어느 구름에서 왔을까
왔던 구름 타고 달려가면 만날 수 있을까

가뭄에 번져오는 먹구름 떼
안개 서리다 물이 되어 내리는 빗줄기
구름바다 보고 마음 적시며
달갑잖던 생각 가을비에 씻는다

길

나그네가 길을 걷는다

꿈을 안고 찾아 나선 길
산 넘고 들 건너
낯선 새로운 길 찾아 나선다

해 지고 어둔 밤 별 헤며
달 보고 그리움 달래는 외로운 길

웃으며 만나고 헤어지던
잊을 수 없는 길동무들
새로운 인연 다시 엮어간다

허리가 굽어져도 길을 걷는다
어디까지 왔냐고?
내 앞에 열려 있는 길
세월에 실려 여기까지 왔노라

원 없이 걷고 싶은 길

미련도 후회도 없노라 말하리라

나그네

그대와 오가던 선연한 길
지금 어드메쯤 계실까

다시 만나자 해놓고
떠나지 말았어야 했는데

오고 가는 계절 너머
눈물 뿌리며 가꾼 세월
사무치는 그리움

길 가는 전령 그림자 좇아
앞서거니 뒤서거니
잊을 길 없어 달려왔는데

더는 갈 수 없는
막다른 길
하늘은 열려 있지 않은가

기다리겠노라

세상 끝나는 날까지
기다리겠노라

집으로 내달린다
까치발 들고 기다리고 계실
그대에게로

쉼표

숨 자에 작대기 빗대면 쉼[休] 자
삶의 호흡이 쉬는 동안
나를 찾아 찍는 쉼표

꽃처럼 곱디고운 얼굴
사랑은 메아리 되어
내 귓전에 닿는다

새소리 바람소리 마음의 소리
쫓겨 오듯 달려온 나
깊은 숨 토해내듯
리듬 사이 이어주는 쉼표

10월의 숲은 옷 갈아입기 한창인데
거닐던 거리마다
포개진 발자국 더듬는 나

이러쿵저러쿵 아님 이런들 저런들
세상은 공평한데

비가 지나가야 무지개 뜨는 것

세상 나들이 힘들어도
쉼표가 있어 신바람 난다

겨울 통과해야 봄이

남쪽엔 봄소식이 한창인데
여기는 아직 옷깃에 스미는 꽃샘바람

성급한 화신(花信) 못 들은 것이면
봄기운 전해 오기 무섭게
달아나버리는 그대

설레는 가슴 나른한 춘곤(春困)
겨울 통과해야 봄이 오듯
영광 그 이전은 고난이어라

사노라면 지치고 고달파도
때 기다려야 하는 이치
감내해야 할 십자가

십자가 뒤의 부활 보았는가
새봄과 함께 찾아드는
영광, 세세에 있을지라

두통

지극히 작은 공간
답답하고 숨이 막히지만
나를 틀 속에 가두어야 편해지는 것

두통의 원인 제공은 나
내가 만든 함정임에
모자람 채워가는 즐거움
어둠을 밝히는 한 줄기 빛이네

기연(其然)인가 미연(未然)인가

갑자기 다가온 찬 기류에
더위에 찌든 날 그려지는 것은
요사스런 착각이런가

초록빛 바래어
하나둘 구르는 물기 마른 잎새
다소곳한 모양새
창조 질서를 따라간다

울다 웃다 속임수 착각 놀음에
이골이 나 있는데

새롭게 시작하는 것일까
돌아가는 것일까
지나가는 것일까
마감하는 것일까

나이 포개지며 찾아드는
이상 신호들에 놀라지만

울렁이는 엇박자에
쓴웃음으로 고개 숙인다

변화하는 시류 타고
기연(其然)인가 미연(未然)인가
밀려드는 혼돈 속
버려야 할 것이 많다는 것을 깨우친다

목숨의 불꽃이 피어 있는 한
부딪는 허상 하나하나 지우며
돌아설 수 없는 길을 간다

새해 아침

새로 내딛는 정유년(丁酉年)
마음 밭 운무 쌓이고
'나'로만 살아온 자존
지난날을 돌아본다

우리는 같은 하늘 아래
맑고 흐린 날 누리에 끼어
인생 마라톤에 앞뒤 가리지 않고 뛰어들었다

헉헉 숨이 차오르지만
마음속 깃대를 세우고
앞만 보고 달렸다

주어진 시간, 유한한데
육신은 세월로 낡아지고
다만 쌓인 지혜 자산 삼아
변치 않는 품격 이어가라 하시네

새 계절이 오면
가족 잃은 나목들도
새 생기 움트듯

정유년 끝자락
마음 밭 운무 걷히는 날
찬란한 노을 꽃으로 피어나리라

4월이 오면

봄날이 저물어갑니다

못내 그리던 3월
엊그제 오신 듯한데
서둘러 가시려나요

봄의 심장 4월이 오면
만발하는 꽃들의 잔치 마당
찬가로 빈자리 채워드리리다

4월은 잔인한 달
못다 핀 꽃송이들 울음소리
세월호 상흔 되살아나
땅에는 에덴이 없는 것인가요

꽃이 피고 지고
인생도 피고 지고
아름다움의 끝은

아픔인가요 슬픔인가요

마음의 빗장 열게 하시고
잃은 것 채워주시는
부활의 참 소망이시여
온 누리에 오소서

6월이 다 가기 전

따가운 햇살 초록의 하모니
새날 기대에 가슴 부풀립니다

문명이라는 첨단 편에
호기심 반 보람 반으로 달려보지만
따를 수 없는 과속에
초조하고 안타까움 더해갑니다

현대병에 쓸려 밀려난
쫓기듯 지나온 시간들에
몸부림칩니다

감성 다독이며 잃어버린
참 나로 돌아가고 싶습니다

6월이 다 가기 전
사랑 웃음 기쁨 가득한 초록 속에서
나만의 삶을 향유하고 싶습니다

외면해버린 것들에
자책과 분노에 눈물 한 줌 던져주고

젖은 눈으로 세상 보게 하시는
당신의 숨은 뜻을 헤아려봅니다

또 다른 시작

오늘을 접고
내일을 위해
또 다른 시작
이어갑니다

하루하루 시간을 검산하며
'나 찾기' 도전은
젊은 용사가 전투에 나서는 모습입니다

'시원섭섭하겠습니다'
물러남의 축축한 인사가
마음 밭에 새겨집니다

또 다른 '나'를 찾아
광야의 굶주린 사자처럼
글쓰기에 목덜미 늘이고 달립니다

숨가쁘게 달린 후 거머쥔
몇몇 분신 앞에서

지금 가슴은 고동칩니다

자족(自足) 모르는 도전은
감성의 시계 손짓에
또 새로운 시작입니다

마지막 촛불

뭉게구름 쉬어 가는 하늘
바람과 함께 떠오르는 생각이 상큼하다

계절은 변화를 거듭하는데
변할 줄 모르는 나의 일상
너무 많이 와버린 것 같은
예전의 내가 아닌 것 같은
어느 하나 영원히 내 것이 없는 것 같은

나의 현주소, 내 안의 나를 찾아
불면의 밤을 마다하지 않고
하산길 그림 그려볼 때
기대 속에 딱히 잡히진 않아도
야릇하게 감동이 호수의 물결처럼 일렁인다

글 빚에 몰려
가닥이 잡히지 않아 머리를 싸매고
용케 버텨온 나그넷길
마지막 불태울 촛불 지펴졌다는
숨은 뜻 헤아리며 발 뻗어 잠자리 든다

제 2 부

숲 속 의 소 리

산을 오르면

산에는
노래가 있고 시가 있다
율동도 있고 내 안의 우주다

산을 오르면 시름이 달아난다

산은 숫자를 몰라
내 모습 그대로 반겨주는 곳
산이 좋아 죽도록 가슴 품고 산다

울창한 숲
초록의 향내
산 정기에 흠뻑 젖어들면
한 형제 총부리 겨누다 헤어진
어머니가 나를 만나준다

푸른 바람 무시로 마시며
땀과 젊음 이어가리
오늘도 생기 빠져나간 다리 달래며
산에 오른다

고별의 향연

계절은 쉼 없이 흐르고
어느새 붉은색으로 물든 산
내 마음도 물든다

따가운 햇살 받으며
떠날 채비 서두른다

살아 있어 기쁨이면
떠남도 기쁨인 것을

자연이 지평을 넓혀가는
낙엽 밟으며
산 너머 어느 곳에 머물고 있을
그리움에 젖어든다

초록 흔들어
붉어지는 단풍 잎새는
생명의 모태 깨우는 몸짓

자연의 순리 좇아

고별의 향연인 것을

까치

도면도 없이 둥지 틀고
유영하는 청록 깃의 신사
이 땅의 텃새

진화가 잘 된 탓에
떼 지어 침입자 몰아내는
상서로운 결속력

부촌으로 농가로
지능이 높아
거침이 없다

상도동 감나무 집 시절
감이 익어가던 늦가을
대롱대롱 기다리던 빨간 마음

젖줄 파괴한 문명인가?
공생 공존 질서 무너지고

천덕꾸러기 가슴 아파

우면산 떠났던 까치 돌아와
가까이서 울어만 주어도
이렇듯 반가운데
탕자들아 어서 빨리 옛집으로 돌아가라

수선화

모서리 같던 겨울 지나고
꽃망울 터트리며
새봄 알려준다

양파처럼 둥근 뿌리에서
솟아나온 꼿꼿한 꽃대

여섯 장의 하얀 꽃잎 한가운데
여왕 닮은 노란 금잔옥대
바람 타고 퍼지는 향기

나르키소스 혼 닮은
샤론의 수선화

얄밉도록 고운 봄이
소리 없이 다가와
미소 한 아름 안겨준다

저녁노을

구름 가는 하늘 길
서산에 해가 질 때면
창가에 부서지는 노을

구름 잦아드는 해넘이
새들도 유유히 날아들어
가슴에 불을 지핍니다

붉은 불덩이 산 너머로 잠기면
뒤끝 환해지는 눈부신 세계
붉디붉어 황홀한 이별길에
시나브로 잦아드는 잿빛

하루만큼 짧아지는 황혼길
어제도 가고 오늘도 가고
긴긴 여운 잠재우며
또 다른 내일을 그려봅니다

숲속의 소리

경남아파트 헐린 2천 평 남짓한 대평원
서쪽 우면산 줄기가 짙푸른 모습을 드러냈다

미세먼지 하나 없는 맑은 하늘
뭉게구름 춤추며
가려졌던 성당 종탑이 모습 드러내
한 폭의 그림 같은 아름다운 산

우면산 자락 숲속의 소리
일몰이면 펼쳐지는 장엄한 세리머니
자연과 함께 숨 쉬며 살아가는
미생물까지도 이름 지어 호명하는 섭리

울창한 우면산 서쪽 산줄기
머지않아 고층 건물 들어설지 몰라
그때까지만이라도
숲속의 소리 귓불에 걸고
숲 사랑 듣겠네

꽃비 흩날리며

봄이 피었습니다
우면산 산자락 뒤덮은
벚꽃 군락이 눈부십니다
봄비 맞으며 갈증을 축이고
하얗게 마음을 채색합니다

나무들이 요동칩니다
사나운 바람이 우르르 몰려와
나뭇가지를 흔들어댑니다
흔들어 뿌리 양분을 가지 끝까지
보내기 위한 바람이라면
덧셈 바람일까 뺄셈 바람일까

팔랑팔랑 꽃비 흩날리며
봄날이 흘러갑니다

물러간 자리 흔적 없어도

바람과 함께
물러간 자리 흔적 없어도
폭염에 시달린 녹초의 시침들

밤을 새우던 잠 못 드는
긴긴 열대야
에어컨에 매달려
무위도식의 낯선 길
지나

이어진 상큼한 하늘 채색
용솟음치는 기운
넘실대는 흰 구름 따라
여름 잇는 가을 악보
콧노래로 흥얼인다

단풍

가을이 짙어간다
떠날 채비 서두르며
곱게 피어나는 갈꽃 무리

찬 비에, 찬 서리에 젖어
날선 갈바람 이겨내며

눈부신 가을 햇살에
추억을 매달고
불꽃인 양 빨갛게 물들어간다

이젠 떠나야 하리
가을이 지는 어느 날
지상에 남겨두는 그리움으로

단풍 들면 황홀한 가슴속 모두리

쓴 웃음꽃이 피어

연례행사 치르는 날이면 어김없이
가슴이 덜컹거립니다

새삼스러울 게 없지만
약에 빌붙어 산다는 거
덜 망가지려
살아보겠다는 증거겠지요

이 방 저 방 순례자로
찔리고 매이고 레이저 광선에
파김치 된 몸뚱이

첨단 의술이 던지는 말 말 말
수고, 수고 감사, 감사
연신 쓴 웃음꽃이 피어납니다

약봉지 챙겨 들고
돌아서는 발걸음에

긴 숨이 껌딱지처럼 붙어 다닙니다

헤아릴 수 없는 우리네 연수
그렁그렁 또 한 해 살이 준비된 셈입니다

후조(候鳥)처럼 날고

여름 타는 체질은
철새를 선망한다
경계 없는 하늘을
계절 따라 훨훨 날아드는

기다림 속에
화살처럼 날아간 세월

깊은 광갱 속에 갇힌 광부 다섯 중
시계 찬 광부 시계 보며 불안 초조하다
먼저 세상 등진 기사
문명의 한계 갈림길 넘나드는
생의 한계를 느껴본다

놓쳐버리기 쉬운 운세도
허망한 꿈도 때를 얻으면
아름다운 한 송이 꽃을 피우게 되듯

착각 속에 살면서도

모두 가고 있는 길

나는 누군가 물음표 던지고

후조처럼 날고 싶다

눈이 쌓이면

장대비가 휩쓸고 간 산중턱
민둥산에 눈이 쌓이면
겨우내 애상에 젖어든다

20년 전
산이 좋아 찾아온 맨션
맨손으로
우면산이 연출하는 사계 바라보며
비발디의 사계가 부럽지 않았다

정겹게 맞아주던 울창했던 산
어머니 품속 같은 숲에서
삶의 애환 다스리던 곳

2011년 7월 27일
밤사이 퍼붓던 집중호우는
인명도 수목들도
비껴갈 수 없었던 큰 산사태

산중턱에 눈이 쌓이면
예술작품 같았던 옛 산세 그리며
나의 가슴앓이 도지곤 했다

겨울이 찾아드는 길목에서
지으신 이의 섭리
마음 가득 새겨진 산 되찾는 날

누름 이파리 하나

10월 하순 스산한 오후
소슬바람에 플라타너스 이파리
어깨에 내려앉는다

철 이른 낙엽
녹황색 손바닥만 한 잎새
생명 조각으로 먼지 풀썩인다

무성한 잎새들과
여름 추억 간직한 채
홀로 내려와
어디로 향하는 걸까
어두워가는 거리에서
허겁지겁 어깨에
내려앉은 여린 잎새 보듬었다

누름 꽃, 이파리 가득한 책,
갈피 속 친구들 틈에 뉘고
싱싱 눈도장 찍으며

젊은 날 추억들 걸어본다

계절 따라
내려앉은 낙엽에서
생명의 모태 채비하는
가을을 낚는다

우면산 1

이른 아침 눈을 뜨면
달처럼 차오르는 산 바라보며
나의 하루를 연다

단독주택 고집했던 나
산이 연출하는 사계 벗삼고
아파트에서 뿌리내리기 20년

약수터에 오르던 하얀 무리
도심 소음 잠재우던 숲에 오르면
물소리 새소리 바람소리
다람쥐 노니는 고즈넉했던 산

쉼터 하나
혼자여도 외롭지 않아
떼쓰고 울부짖고 매달리고
마음의 나래 달고
'나'로 돌아오던 수많은 날들

집중호우로 산은 절름거리고
여러 날의 힘겨운 원시 생활
6 · 25 난민 시절이 머릿속을 스쳐간다
그것은 역경 이겨내는 연금술사

말이 없는 민둥산 가슴 졸여도
옛 모습 되찾아가며 손사래 친다
떠났던 까치 옛집 찾아 화음을 맞추는데
나도 우면산 옛 자국 찾아 목청을 돋운다

우면산 2

어둠이 지나면 눈동자 가득 다가서는 산
산사태로 민둥산 되었지

산은 늘 어머니 품속 같아
일상의 눈물과 웃음을 마름질했지

나와 숲,
창조자의 영이 함께 소통하던 곳

토석류(土石流)에 휩쓸린 산자락
눈이 내려와 상처를 덮어주지

여름 가고 다시 겨울
땅속,
초록빛 용솟음 소리 소생을 벼리지

우면산 3

으스스한 이른 아침
창가의 설경에
탄성이 하늘로 올라갔다

사진에 담고픈 풍경화
무구(無垢)한 은세계에 안겨
동심으로 돌아가 뒹굴고 싶은
러브스토리에 젖었던 옛 추억들
창가에 보석처럼 박힌다

햇빛에 반짝이는 은빛 방울
매마른 대지에 발목을 적시면
새싹 일깨우는 봄맞이 채비

왠지 오늘은 기쁜 일이 있을 것 같은
내가 내딛는 길도
흰 눈처럼 해맑았으면

가을 연가

마음으로부터 오는 가을
하늘에서 가을을 낚습니다

누런 들녘에선 풍요가
초록의 채색들에선 황홀이
맑은 하늘에 피어납니다

갈잎에 부딪는 밀어
속닥속닥 구름 되어
가을 하늘가에 퍼져 나갑니다

성급히 찾아왔던 가을
서둘러 떠나가려 합니다

바람에 들려오는 소리
세상엔 영원함이 없다고
하늘은 소리칩니다

계절에 깃든 가을 뜨락에서
향기로운 하늘을 우러릅니다

제 3 부

간이역

마거리트

선교사 부인 앞에 옹기종기
어울리던 나 어릴 적
영어 공부 열기에
밤새는 줄 몰랐었지

언제나 말쑥한 정장 차림의 청일점
손에는 어제도 그제도 마거리트 꽃
그때 그 시절에도
꽃을 든 남자가 있었다네

뉘게 건네려나
사철은 멈출 줄 모르는데
호기는 둥둥 구름처럼 나는데

지금 그 청년 얼굴은 잊었지만
추억 속에 어려 있는 마거리트
구절초 필 무렵이면 들녘으로
그때 젊음 찾아 총총걸음이네

시침은 춤사위로 흔들어

시간은 리듬을 타고 흘러갑니다

오래전 뜨겁던 여름날
전단지로 날아온 가곡 교실 낭보
피서(避暑)로 시작된 가곡 사랑
시 사랑 모티브로 다가왔지요

찬송가에 묻혀 살아온 예까지
외풍이 담겨 있지 않은
순수한 시인들의
혼이 담긴 가곡에 흠빡 젖습니다

감성의 흐름 타고 다가오는 선율
아프게 깊이 있게 다가왔습니다
다독이는 계절병 가슴앓이엔
감격에 겨워 눈을 감았습니다

시를 품고 있는 가곡
세상 돌아가는 모든 일을

비유해보는 여유도 생겼습니다

가곡 사랑 시 사랑
시 사랑 가곡 사랑

월요일 목요일 갈증에 손가락 꼽아보는
시침은 춤사위로 흔들어댑니다
나를

기차

기차처럼 길고 긴 날
철길 두 줄에 몸 맡기고
예까지 왔는데
서산의 해는 기울어졌구나

평양(平壤)에서 경성(京城)으로
수학여행 길에서 처음 타본 열차
경적 소리에 뚝 멈춘 멀미

되돌릴 수 없는가
어디든 달려야 하는데
들려오는 아우성에 못이 박혔나

떠날 채비 하나 둘 셋
눈이 멀었나 귀가 멀었나
맨날 그 자리 서버린 기차

38선 경계 임진각
증기기관차 화통 앞에서

일그러진 녹슨 시간을 바라보누나

하늘도 핏줄도 하나인데
너는 어찌하여
달리지 못하는 걸까

간이역

우면산 순환도로
질주하는 차량 행렬 보며
하루를 연다

불확실한 미래
잡히지 않는 행로
인생 내비게이션은 없는 것일까

종착역은 가까워오는데
허전한 맘 어디 둘 곳 없어
간이역에서 내린다

숨 고르던 짤막한 자족 속에서
흐르는 세월에 동공을 맞추면
삶의 출구 알게 한다

일상은 끝없는 경주라 해도
세상엔 승자도 패자도 없는 것
남루해진 생명의 길 되찾아
간이역 같은 존재이고 싶다

마음으로 이어지는 연줄

갈바람에 띄우는 고별의 메시지
더위로 외면했던 매미 소리
귓전을 때린다

뜬금없이 뇌리에 스친 친구
엘리베이터 앞에서 딱 만났다
찰나에 떠올렸던 나를
교회 로비에서 만나자
말 잇지 못하고 안아주던 일

연고 없는 땅에서
연을 맺고 살아온 반세기
동화되어 가슴 적신다

행운이 내 편임을 알게 한 침묵의 속삭임
말은 없어도 많은 이야기 깃든
인연은 필연인가

마음으로 이어진 연줄
영속하는 고리 되어 흐른다

눈 내리던 날

눈이 펑펑 쏟아지던 날 아침
10여 년 이어온 가곡 교실
길 나서다가
원근 각처에서
외출 금지 불호령이 떨어진다

상상의 나래는
8 · 15 광복의 감격 혼돈 속
총대를 메고 거리 휘저으며
'색시' 사냥에 나선 점령 군인들

민족상잔의 피비린내 속에서
피해망상은 웃자라
해가 지면 문을 꽁꽁 잠그고
두문불출이 호신술 되어 나갔다

낙상 경험이 잦았던 나
사건 사고 속에 덧붙여진 외출 불가

오늘도 침묵 속
나이테에 묶인 역사의 현장

두문불출 수난사는
세월 탓인가 숙명이던가

그림자처럼 떠나고

하늘을 이고 땅을 지고
사람과 자연은
생명을 이어간다

흘러가는 물결 따라
한평생 살다
그림자처럼 떠나고
물결 거스른다 해도

21세기 인간이 쌓아올린 찬란한 문명
안일과 풍요가 부른 가치관,
고 엔트로피(entropy) 사회로
혼란과 무질서를 낳았다

지구촌에서 일어난 이런저런 사건들
거미줄처럼 얽혀
정보기술 유대감(empathy)으로 풀어가보자

자연은 생명의 샘

생태계와 더불어 살고

자원 순환시키고

에너지 흐름을 절제하는 길

그 길이 하늘이 박수 치는 길 아닌가

꽃꽂이

꽃 사랑은 풍류
무료한 나절 시작된 꽃꽂이로
심취된 지 오 년여

꽃을 주제로 오브제로
아름다운 하모니 엮어내는
조형 기교 익히며
창작 혼 불태웠지요

미소 지으며 침묵으로
다가오는 꽃 속에 묻혀
행복이며 자유이며

호사는 끝이 보이기 시작했지요

꽃들의 기호 찾아
싸매주고 어르며
약 쓰고 불로 태우고
얼음으로 닦달해도

단명 막을 길 없어

꽃이 피는 것은
꽃이 피었다 지는 것은
열매 맺는 것
후손을 늘리는 필연인 것을
만상의 수순, 창조자의 분깃인 것을

자연을 꽃다이 가꾸며
꽃다이 살아가라는 묵계
심연에 새겨두지요

오이도

까마귀 귀 같다 해서
붙여진 오이도

첫 눈동자에 들어오는
육칠 층 높이의 빨간 원형 등대
바다도 쉬어가는 크고 작은 섬들
육지가 섬인 듯 섬이 육지인 듯

먼 수평선 바라보며
모든 것 감싸 안아줄 것 같은
어머니 품속 같은 바다

바다를 끼고 펼쳐지는 긴긴 해안도로
한없이 걷고 싶은 길
옛 시인들의 산책길이라 했던가
시인들의 즐비한 시비들
가을바람에 시심이 스친다

햇볕에 반사된 은빛 물결

곤죽처럼 퍼져 있는 갯벌

생명 꿈틀대는 소리

바다는 살아 있어

파도에 밀고 밀리는 사이

인류 역사는 이어지고

바다 나는 물새, 하늘 나는 문명의 하늘 새

땅에는 저마다의 해거름

노을 풍경 그리며 집으로 돌아가는 걸음

사뿐하다

감나무 집

상도동 옛 동네를 찾았다
우람했던 감나무 세 그루
우리 집을 감나무 집이라 했다

상도 터널 공사로
공들여 지은 2층 돌집
우리 손으로 헐고 나와야 했다

세 그루 감나무는
더 품격 있는 모습으로
예닮유아원의 뜰을 지키고 있었다

감이 익어갈 무렵이면
감 따다 다락에서 말랑해질 때까지 가두고
잦은 배앓이 소식에 몸을 낫게 해주던 홍시

2층 베란다에서 딴 감은 땡감
항아리에 담아 침시 만들어
이웃 친지들과 나누던 가을

까치밥 남겨둠도 잊을 수 없어

세월에 밀린 감나무 추억에
토박이 친구와의 만남
가뭇없이 저물어갔다

가슴에 달이 차오르면

한가위로 영글어가는 달

멈춰버린 시곗바늘은
돌아올 줄도
돌아갈 줄도 모릅니다

기다림 속에 흐른 세월
갈바람에 지는 낙엽에서
노을을 바라봅니다

한가위 달이 창가를 서성입니다
환한 빛은 내 마음 훔치고
달맞이꽃처럼 활짝 웃습니다

가슴에 달이 차오르면
심연(心淵)의 나래 펴고

달 속엔 50대 초반
나보다 젊으신 어머니 곁으로

하냥 달려갑니다

언제나 내 마음속 살아 계시는 '오마니'

상흔을 접고

진혼의 나팔 소리 울리면
겨레 위해 가신 님 우러르고
잠든 영령들 앞에 고개 숙인다

6월에 피는 모란꽃
깃꼴겹잎 새 가지에
부귀 뽐내며
화사한 기쁨 안겨준다

역사의 수레바퀴는 돌고 도는데
안타깝고 치미는 슬픔, 분노
미래 바라보지 못하는 우매함
강하게 하시려는 연단인가

6월 26일은 우리 집 장손 태어난 날
활짝 피어나는 모란에서
해맑은 손자의 웃음 속에서
찬란한 미래를 본다

6 · 25의 쓰라린 상흔을 접고 6월은

반추와 성찰로 새로 태어나는 달

잊을 길 없는

바람처럼 흘러가버린 세월은
반세기와 열일곱 해

전쟁 시대를 살아온 연수에
잠시의 피난길마저
전쟁 아닌 전쟁의 연속

38선 장벽 감감한데
처절한 상흔 질곡 속에
아들 딸 기다리는 어머니 선연히 떠오르면
타임캡슐 타고 넘나들던 시름살이
기다림 속에 표류하던 긴긴 세월

예나 지금이나 그리움 지울 길 없어
일상의 애환 그리며
한 일기에 써놓은
야릇한 자괴와 위안 희열이 씨앗이 되어
수필을 쓰게 되었습니다

남쪽으로 출애굽 시키신 은총
인제는 울지 않으렵니다
모든 시련 아픔 감수 감내하며
감사할 뿐입니다

잊을 길 없는 두고 온 내 고향 산천
목마른 통일의 꿈이여!

3 · 1절 수상(隨想)

오늘은 3 · 1독립운동 95주년

1919년 3월 1일 정오

일제에 맞서 맨손 시위로

독립 만세 외치며 봉기한 날

그때의 함성 가슴을 친다

1910년 8월 29일, 일제의 강제 병탄으로 나라 빼앗기고

1918년 1월, 세계는 민족자결권 원칙을 제창하였다

1919년 3월 1일

세계 인류 4분의 3이

침략자 지배받던 암울한 시대,

인류 공존 외치며 앞장섰던 대한민국

그해 4월 1일, 중국 상하이

임시정부 세워 독립운동의 구심체 되었다

3 · 1운동은 민족 얼이 숨 쉬는 좌표

악랄한 일제의 총칼 앞에

당당히 맞선 숭고한 애국 혼

세세에 빛나리라

아! 95년 전,

그때는 모두가 하나였다

그때는 나라 사랑으로
모두가 하나였다
미래 향한 역사의 수레바퀴는
돌고 돌아가는데
다툼과 분열, 어깃장 내려놓고
모두가 하나 되는 날
민족의 바람 통일은 정녕코 이루어지리라

세모(歲暮)에 서서

새날의 꿈에 부풀어
밤을 헤며 나래 펴고
시작한 한 해가 저물어갑니다

주어진 시간 속에서
심연(心淵)의 소리는
찰나의 초침으로 지나가고
양식 아닌 것으로
허송해버린 시간들에 한숨이 쌓입니다

다시는 오지 않을 한 해
알맹이 빠져나간
상실과 회한에 삼백예순 날이 잠깁니다

별들이 무수한 하늘이 하나이듯
영속하는 가치
생명을 움직이는 것

모두가 하늘에 달린 것

떠오르는 태양이 눈부시지만
지는 해도 더 아름다운 것처럼
남겨진 시간
잔잔한 노을 꽃으로 피워나가면 좋겠습니다

두터워진 연륜의 넋두리가 아니기를
저무는 해 끝자락에서 빌어봅니다

제 4 부

혼자가 아니다

가슴앓이

봄은 시작처럼 설렘으로 다가오지만
당신 향한 그리움에
응어리진 가슴앓이 삭일 길 없다
운무에 갇혀 있던 태양 눈부시고
하늘하늘 아지랑이 서리어 오른다

굽이굽이 고갯길 저 너머
반백 년이 넘도록 서 계신 어머니
무심한 시간은 겹겹이 쌓이는데
'내 고향으로 날 보내주'
하늘하늘 아지랑이 서리어 외쳐본다

어머니 초상화

그립고 그리워 못내 그리워
어머니 초상화 그려봅니다

텅 빈 가슴에 차오르는
닿을 듯 닿지 않는
무심한 바람들이 가슴속 불꽃으로 타오릅니다

피붙이 그리는 어미 마음
환한 달빛 되어
베갯머리 비춰줍니다

외로움 그리움 서린 달빛은
생명 샘 마르지 않는 어머니 품

하늘로 이주하신 어머니 초상화 그려봅니다

또렷이 떠오르는 어머니 모습
눈물로 붓질할 수밖에 없는

못다 그린 어머니 얼굴

삶을 놓는 날 그때서야 반듯하게

그릴 것 같습니다

색동저고리

5월이 오면 부푸는 한숨 꽃
흐르는 눈물 여울 되어
메아리 없는 어머니 불러봅니다

오빠 앨범에서 움켜쥔
누레진 가족사진 한 장
토시 낀 아버지 낯설어
얹은머리 한 어머니 품에 안긴
색동저고리 차림의 나

확대한 사진 걸어놓고
아침 눈 뜨면 인사를 건넵니다
부디 부디 편안히 계십시오

파릇한 신록 뜨락에 찾아오면
새록새록 깊어지는 그리움
한 세월 바랐던 만남은
잊혀진 시간만 깊어져

어머니…… 애틋한 눈인사에
울지 마라 경우나*

인제는 울지 않으렵니다
젖은 세월 마를 날이 올 테니까요

* 어머니는 나를 '경우나'라고 부르셨다.

오이지

오이지를 담는다

어머니 손맛에 이끌려
5월이면 꼭 오이지를 담는다

끓는 소금물에
오이 한 개씩 데쳐내어
항아리에 차곡차곡 쟁이고
돌로 눌러 소금물을 부어둔다

어머니 손맛에 이골이 나
평양 서울 오가는 오감
한데 어우러지면
혀끝에 감겨오는 삼삼 개운한 맛
돈 주고도 살 수 없다

어릴 적 미각 기억의 두레박으로 길어 올려
물에 밥을 말고 왼손에 오이지 쥐고

아삭 새콤한 맛에 눈이 절로 감긴다

오이지 떨어질 무렵이 되면
잃어버린 모성 그리워
바라보는 하늘은 오이처럼 푸르다

혼자가 아니다

시류에 밀려
생이별로 표류하던 때
더 커져가던 어머니 영상

낯설고 외로운 길
길잡이 없는 곤고한 길
혼자만 살아야 하는 길

나를 뒤흔들었던 억센 바람소리
숨이 막힐 듯 목이 타들어오는데
어서 일어나라
분명 어머니 목소리였습니다

수줍음 많고 내향적인 나
홀로 서기 의연(毅然)으로
입 앙 다물고 버텨온 세월 속에서도
해 지는 줄 몰랐습니다

낮은 자리 밝히시는 길

사위어가는 육신도 앓고 있는 질병까지도
사랑이었습니다

나는 혼자가 아니었습니다

뿌리

가닥이 잡히지 않았던 모태 신앙
어릴 적 다니던 평양 장대현교회이지
동리 높은 곳에 자리한
너른 교회 뜰 한편 기와지붕 기념비엔
분명 아버지의 이름이 새겨져 있었지
아버지 돌아가신 후 유야무야 세월 흘러
교회와 멀어지고
광복과 함께 허리 잘린 강산
6 · 25 한국전쟁의 참화는
고아 아닌 고아로
대구의 의사인 큰오라버니 의지하고
이산의 한을 곱씹으며 살 수밖에 없었지
뜻하지 않은 병상의 장기요양 오라버니가 건네준
『천로역정(天路歷程)』
형부 따라 나선 세 살배기 조카딸
돌보지 못한 안타까움
비몽사몽간에 나를 일깨운 천상의 소리
계시의 빛살인가
치유의 은총인가

나를 포근히 감싸 안아주었지
주일 새벽마다 들려주던 새벽 송*
일찍이 복음을 받아들인 문중의 반려자 만나
의기투합 보은에 불 태웠던 긴긴 세월
새문안교회 130년사에
최초 여성 장로로 등재되었지
우리는 새문안교회의 유일한 부부 장로
오라버니도 시숙도 장로
역사의 소용돌이에 휘말려
실낱같았던 믿음의 뿌리
어떠한 환난이 닥쳐와도
굳게 서서 흔들리지 않게 하소서

* 새벽 송 : 대구 동산기독병원 의사 간호사들이 매 주일 새벽 병실
  을 돌며 환자들을 위해 찬양으로 봉사하고 있다.

시간 속 환영

지난해 홀연히 떠나간 그대
다시금 목청껏 불러 봅니다
"고모" ~~~

시뉘−올케
인생의 프롤로그 그리며
동고동락 48년
지나간 시간 속 환영들
하나하나 나타났다 사라집니다

삶의 무게 견디고
실향 남편 다독이며
두 아들 나란히 의사로 키워낸
현모양처의 사표(師表)

오늘 울음의 의미를 다시금 새겨봅니다
그리움이 있는 한
보이지 않을 뿐

어느 공간엔가 살아 있음을

남겨진 가족 두 손 모읍니다
남겨진 날들 회억 속에 만나
그대의 아리따운 사랑의 수고
길이 기억하리다

편히 쉬소서
사랑의 에필로그 그리며

영감 속에 피어나는 꽃

하늘 아래
철철마다 알리며
찬연히 피어나는 꽃

네가 있어 오가는 마음에
사랑이 영그는 달
눈부신 축제 달뜨는 군상

누가 갖다 놓은 꽃바구니
주먹 크기의 핑크빛 장미
카네이션 히아신스 등
가슴에 스미는 향기

만물을 하늘 아래 두시고
심히 좋았더라 하신 이
영감 속에 피어나는 꽃들마다
기쁨 사랑의 송가 울려 퍼진다

꽃은 무언의 스승

꽃 속에 묻히는 5월이 가면

그 자리엔 푸름 더하며

가슴속에 벙그는 꽃이고 싶어라

동행

마음이 생각을 움직입니다
생각이 마음을 움직입니다

갈대같이 변하는 마음
오늘이 내일로
끝없이 이어지는 세월
마음 누일 곳 찾아 헤맵니다

생각은 언제나 앞서 가지만
마음은 내 마음대로지만
착각 속에 지나가 버리는 나날

영광 그 이전은 고난
부활 그 이전은 십자가

다시 밝아오는 태양 아래
동행하시는 길마다
내 마음 내 생각 오롯이 얹고
두 손 모읍니다

그림자

빛이 있어 네가 생기고
어둠 있어 네가 사라진다

낮과 밤 빛과 어둠
삶과 죽음 대비 속

해 뜨면 찾아오고
어두워지면 사라지는
일월의 회전 속
동행하는 산 그림자

님 향한 그리움
달빛에 새기면
마음 그림자 짙어만 간다

세월 흐름 같이 보며
웃으며 울며
마음 읽어주던
하늘 그림자

나의 영원한 동반자여라

싯딤나무

'둘러싸인 은혜'
목사님의 말씀이 시작되었습니다

마르고 거친 땅
듬성듬성 열매 없이
풍성하지도 않는 잎새
마디마디 가시 옹이 박혀 있는
짤막하고 비뚤어진
땔감으로밖에 사용될 수 없는 싯딤나무

싯딤나무를 택하여 이런저런 공정을 거쳐서
법궤, 성소의 가구, 기둥 등
성막(聖幕)의 재목으로 쓰시고
금으로 싸서 입히시는 손길

흠 많고 쓸모없는 죄인 부르시고
그의 나라 도구로 쓰시기 위하여
고초와 수고 담당하신 이
그 앞에서 가난한 영혼

참회의 눈물이 솟구칩니다

숨죽인 고요 흐르고
못된 이기심 부끄럽게 하사
부르심의 신실한 응답자 되어
'둘러싸인 은혜' 속에 저희 허물 용납하시고
다만 감격의 시간 살게 하옵소서

끝 간 데 없는 사랑과 은혜
땅끝까지 금빛처럼 빛나게 하소서

토기장이

토기장이는 진흙으로
그릇을 빚는다

비어 있는 공간 채워서
몸값을 키운다

마음과 사랑 담고
허무와 눈물 달래며
인품과 기량 쏟아붓는다

쓰임 따라
금이 되고 은이 되고
때론 사금파리 가시로
살아 있는 창조 이어간다

토기장이는 진흙으로
그릇을 빚는다
공일 없이 빚는다

에덴 떠난 이 땅에
귀히 쓰이는 그릇 되고 지고
생기(生氣)여,
생령(生靈)이여 채우소서

부활절 아침에

하늘 여시고
지으신 모든 것 에덴에 두시니
심히 좋았더라 하셨네

고통과 죽음은 죄로 말미암아
피할 수도, 이겨낼 수도 없는 묵계(黙契)
누가 파기하랴, 하늘 외에는

존재와 죽음 사이
어둠 헤치고
영원한 소망 이루신 날
고난과 부활 잇닿은 속죄의 은총
참회의 눈물 되어 흐른다

노랗게 물든 개나리
웃음 띤 새하얀 목련꽃
인고의 침묵 지나
소생의 환희 알려주는 봄의 전령

화목케 하시는 영이시여
죄악 내몰고 영원한 하늘 길 여신 날
어서 오소서

내려오심

타고난 천부적 욕망이런가
갓 태어난 아기의 몸짓
무엇이든 손에 닿으면 잡고
믿기지 않는 힘이 실린다

인간 본성, 생존 욕구,
선에서 돌아선, 속고 속이는 세상
위선과 거짓으로 포장되어
선천적 소유욕은 죽는 날까지 이어지네

2천여 년 전,
한 아기 우리 위해 말구유에 나시고
세상 고초 우리 위해 받으셨다
의구한 대자연의 주재로
속량의 메시아로 내려오시네

낮은 자리 임하시는 따사로운 햇살
마음을 비우면 값없이 채워지는,
빈손으로 와서 모든 것 누리건만

가난한 영혼 회심 이끌어
스스로 양육하고 나누는,
사랑하면 알게 되는
알면 보이는, 그때 보이는 것은
예전과 같지 않으리

겸손과 사랑으로 희망으로
모든 것 내려놓습니다

사순절

하나님의 아들
육신 입고 세상에 내려오신 주

그는 우리를 죽기까지 사랑하시고
영혼의 안식처 예비하려
그는 다시 살아나셨습니다

기나긴 겨울이 있어
봄이 더욱 기다려지듯
사순절을 보내며
겟세마네 동산의 주님 모습 그리며
두 손 모읍니다

주님 지신 십자가
구레네 시몬처럼
내 몫의 십자가 붙들고
골고다 언덕 바라봅니다

지금 흘리는 눈물

주님 향한 향기로운 기도이게 하시어
골고다의 수치와 고난
우리 기쁨과 소망이게 하소서

마음속에 십자가 세우고
사랑의 메신저로 나래를 펴서
보은의 송가 부릅니다

그리스도의 십자가 죄를 이기고
그리스도의 부활 사망을 이기신
세상 시름 벗고
새봄으로 다시 피어나는
주님!

잔인한 달 그리고

인동의 긴긴밤 지나
금세 연둣빛으로
물들어가는 만상
살아 있음이여
초여름 같은 햇살
눈부시게 빛나고
산들 나부끼는 생명의 입김
소생의 기쁨이여
나는 죽노라
채우지 못한 빚짐
살아야 할 목숨을 위하여
부활은 소망인 것을

부활절 나흘 앞둔 날 아침
제주도로 가던 중 세월호는 침몰했다
어른들의 위선과 오만 타성이
꿈 많은 젊은이들을 바다에 묻어버렸다
참담한 수난 치욕 등등
팽목항의 절규는 하늘 찌르고

가슴마다 깊이 박힌 못자국
온 누리가 비감에 젖었다
세계가 함께 울었다
4월은 잔인한 달
이 땅에는 에덴이 없나이다
침묵 속에 우주의 대행진은 이어지는데
하늘의 위로와 치유를 내려주소서
살아가야 할 목숨을 위하여
애도하고 자중하며 통회합니다
희망과 회복의 영이시여!
부활의 소망으로 다시 비상하게 하소서

망배당(望拜堂)

모처럼 임진각을 찾았다

느긋한 오후의 가을 햇살이 눈부시다

마음 가득 펼쳐지는 언덕 너머 바라보며

먼저 망배당 앞에 섰다

하얀 화환 한 개 꽃다발이 두어 개

두세 명이 서성일 뿐

느꺼운* 허전함이 밀려온다

동족상잔의 기억은 가물거리고

까닭도 모를 젊은 물결

쌍둥이 유모차를 몰고 온 젊은 아빠

잠들어 있는 아가

끊어진 다리에 오르는 무리 바라본다

아이들의 놀이기구도 돌아가고

관광지로 탈바꿈한 망향의 동산

대형 잔디 언덕에서 연을 날리며

폴짝폴짝 뛰는 아이들

저들은 여기서 무엇을 느낄까

진정한 평화를 누릴 수 있는 것일까

지구상에 존재하는 유일한 DMZ

외국인도 많이 눈동자에 머문다
철조망 끼고 유유히 흐르는 임진강
그곳은 물고기들의 낙원
오징어를 씹으며 쓴 맛을 다셔보지만
통일의 길밖에 더 바랄 것이 무엇이랴

* 어떤 느낌이 가슴에 사무치게 일어나는

조건 없는 사랑
— 고 김동익 목사

오해를 받는 것은 참기 어려운 일이지요
변명하지 말고 그대로 가세요

상대가 밉고 악마같이 보이더라도
바보처럼~ 멍청이처럼~ 그냥 사세요

당신이 착한 일을 하고 의로운 일을 할 때
그것을 위선이다 나쁘다고 욕을 해도
그래도 이해하고 용서하세요

피곤해도 바른 길 걸음을 멈추지 마시고
사랑의 실천도 거두지 마세요 따질 일이 있더라도
입 막고 눈 막고 귀 막고 사랑하세요
말없이 끌어안고 사랑해주세요

사랑은 차별하지 않고 사랑은 조건 없이 주는 겁니다
사랑은 교환 조건도 제시하지 않습니다
미워도 다시 한번 그런 마음으로 사랑하세요

사랑을 무슨 열매 따는 것처럼 장사하듯이 생각하지 마시고

나무를 가꾸듯이 멀리 보고 인내하며 사랑을 가꾸세요

* 1999년 4월 1일 하오 3시 30분 소천.

새문안교회 느티나무

교회 들어서면
순환의 굽이굽이
계절 머물고
세상 인연 어울려
만남의 필연 일깨우네

130여 년 주름 자국 촘촘한
세월의 무게,
삶과 죽음 사이의 갈등 고뇌
우긋이 하늘 우러른다

전쟁의 그림자
허리 잘린 강산
겨레 사랑, 자존 의식 일깨우며
들며 나는 발자국 헤며 지새운
너는 역사의 증인

이백 날 암 투병 끝에 떠나가신 님
열일곱 해 젊음 불사른 촛불 꺼지고

하얗게 밤 밝힌 울음 끝없어

눈물 없는 본향으로 향하던
긴긴 운구 행렬 너는 지켜보았다
어둠 뒤덮인 사월은 비애의 달이런가

세상 굴레길 매이지 않은 침묵의 빛
여섯 번째 예배당 마음속에 푸름으로 서 있는 느티나무

휴머니즘과 신앙으로 꽃피운 서정의 정원

안 재 찬 | 시인·한국문협 편집위원

1. 여는 말

말이 인간의 표현이라면 문학은 사회의 표현이다. 시는 산문적 진술로 환원될 수 없는 언어 예술이요 말의 음악이다.

워즈워스는 "시는 고요 속에서 회상해낸 감정이다."라고 했다. 고조된 감정의 함축적 표현을 시구 속에 반영시키는 것이다. 시에서 현실은 시의 토양으로서 현실이 될 수도 있다. 문명의 발달과 첨단과학은 필연적으로 서정성을 낚아챈다. 인간 내면을 흐르는 회귀 본능과 향수, 원시적 감성은 언제나 목마른 것이다. 노을녘을 걷는 사람에게는 쇠잔해지는 육신과 정신으로 소외감과 외로움 따위가 그리움으로 변주된다.

시는 본질적으로 밝은 곳보다는 그늘진 곳에, 상승하는 것보다는 추락하는 것에, 눈에 잘 보이는 것보다는 잘 보여지지 않는 것에 관심을 갖는다. 서정시는 자기 표현적 속성과 회귀

적 욕망을 바탕에 깔고 고백과 성찰의 발화 양식으로 표현한다. 기억의 원리에 따라서 생이라는 근원에 대하여 상상적 경험을 드러낸다.

시는 경전이다. 개개인의 생활상과 연관된 체험과 앎의 혜안, 현자로서의 말이 함축적으로 표현되어 있기에 시를 경전이라고 칭하기도 한다. 세월이 흘러가면 누구나 예외 없이 장막을 벗고 신의 영역으로 편입된다. 황경운 시인은 지상의 소풍을 끝내고 천상으로 돌아가는 날까지 순례자로서 존재의 의미와 성찰을 겸허하게 진술하고 있다.

인생관, 가치관, 예술관, 신앙관을 시인이 몸소 겪은 경험 과정을 서정시로 시화(詩化)하여 독자 앞에 선 것이다.

황 시인의 시작(詩作) 태도는 기교를 부리거나, 소통이 어려운 시어를 사용하거나, 독해가 힘든 말장난을 늘어놓거나, 무거운 주제로 위압감을 주는 일이 없어 시 읽기가 수월하다. 황경운 시인은 시를 쓰기 전에 이미 수필가로서 활동을 해온 터다. 산문에서 운문으로 작가의 영역을 넓혀 노년의 길을 붉게 물들이고 있다.

이번에 상재한 시집『석양이 비껴간 방』구성은 4부로 나누어 실었다. 삶에 대한 성찰과 건강한 일상성, 자연 교감과 자연 친화적 삶, 실향민으로서의 가족사와 향수, 신앙시편 등으로 꾸며졌다. 이제 황 시인의 시세계를 탐색해보자.

2. 언어의 정원

시는 아름다운 꿈을 담아내는 언어의 집이다. 시인이 꾸는

꿈은 내면 깊숙이 잠재해 있는 이상향이다. 발은 현실을 딛고 있으나 머리는 하늘로 두고 있다. 그런 까닭으로 시인은 푸르른 하늘을 쳐다보고 한 걸음 한 걸음 무게를 더하여 걷는다. 자기 성찰과 구도자적 시의 길을 고독을 자양분 삼아 낯선 길을 가는 것이다. 서정시는 시간 경험과 기억의 재구성이라는 양식적 특성을 지닌다.

산에는
노래가 있고 시가 있다
율동도 있고 내 안의 우주다

산을 오르면 시름이 달아난다

산은 숫자를 몰라
내 모습 그대로 반겨주는 곳
산이 좋아 죽도록 가슴 품고 산다

울창한 숲
초록의 향내
산 정기에 흠뻑 젖어들면
한 형제 총부리 겨누다 헤어진
어머니가 나를 만나준다

푸른 바람 무시로 마시며
땀과 젊음 이어가리
오늘도 생기 빠져나간 다리 달래며
산에 오른다
　　　　　　　　　　　　　　─「산을 오르면」 전문

산이란 세계는 부드러움의 세계이고, 생산의 세계이고, 노동의 세계이고, 찬미의 세계다. 산이란 상형자는 여자라는 표상물을 띠고 있다. 여성적, 모성, 물을 상징하는 아니마(anima) 세계가 산의 영역이다.

황경운 시인은 자연을 사랑하고 신뢰하고 의지한다. 변화무쌍한 산의 모습에서 인생을 배운다. 인내를 배우고, 순종을 배우고, 환경을 배우고, 공존을 배우고, 치유를 배우고, 배려를 배운다. 그러기에 산은 시인의 만년 스승이다, 수강료 한 푼 안 내고 봄·여름·가을·겨울을 통하여 노래를 익히고, 시를 익히고, 율동을 익힌다. 산은 계산을 모르는 신의 손이다. 조건 없이 인간에게 베푼다. 때때로 수모를 당하고, 죽임을 당하고, 쫓겨나기도 한다. 시름 많은 인간에게, 일상에 지쳐버린 인간에게, 건강이 여의치 않아 비실거리는 인간에게 생기를 건네주고 생명을 연장시켜준다.

바람과 함께
물러간 자리 흔적 없어도
폭염에 시달린 녹초의 시침들

밤을 새우던 잠 못 드는
긴긴 열대야
에어컨에 매달려
무위도식의 낯선 길
지나

이어진 상큼한 하늘 채색

용솟음치는 기운
넘실대는 흰 구름 따라
여름 잇는 가을 악보
콧노래로 흥얼인다
　　　　　　 —「물러간 자리 흔적 없어도」 전문

시는 절망과 고통을 희망으로 전환시키는 작업이다. 고통이
나 아픔이 희망의 출발점이고 절망이나 단절이 재생의 길을
열어간다. 지난여름(2018) 섭씨 40도 안팎까지 온도계 눈금을
놀라게 한 한반도 남녘땅. 열대야로 부자도 빈자도 아우성치
며 잠 못 이루는 밤의 기록을 갱신한 바 있다. 대기 오염과 미
세먼지, 지구온난화로 해수면이 해마다 올라간다. 남극과 북
극의 빙하가 더위에 몸살을 앓아 백년 천년 뿌리내린 고향을
떠나고 있다.

부활절 나흘 앞둔 날 아침
제주도로 가던 중 세월호는 침몰했다
어른들의 위선과 오만 타성이
꿈 많은 젊은이들을 바다에 묻어버렸다
참담한 수난 치욕 등등
팽목항의 절규는 하늘 찌르고
가슴마다 깊이 박힌 못자국
온 누리가 비감에 젖었다
세계가 함께 울었다
4월은 잔인한 달
이 땅에는 에덴이 없나이다
침묵 속에 우주의 대행진은 이어지는데

하늘의 위로와 치유를 내려주소서
살아가야 할 목숨을 위하여
애도하고 자중하며 통회합니다
희망과 회복의 영이시여!
부활의 소망으로 다시 비상하게 하소서
—「잔인한 달 그리고」 부분

시인은 한 시대에서만 그치는 게 아니라 보편적 영원성을 지닌 진실을 말할 줄 알아야 한다. 시인을 일컬어 혹자는 시대의 파수꾼이라 하고 또 어떤 이는 예언자라고 불러준다. 삶 속에서 늘상 사색하고 고뇌하고 통찰력으로 이 세상에서 발생하는 여러 가지 일들과 사물에 대하여 시선을 집중시키며 그 본질과 가치를 발견해서 한 줄기 빛 역할을 하기 때문일 것이다.

시를 쓴다는 건 나를 쓰는 것. 나의 확인, 나의 재발견, 나의 긍정이다. 이런 것을 삶에서 찾아내고 가슴속 고여 있는 서정을 길어 올려 글로써 표현하는 일이다. 지난한 긴긴 여정의 기다림 끝자리에서 수확되는 자기완성의 길이 시다.

칼뱅은 일생을 통해 가장 감명 받은 말씀이 "생각컨대 현재의 고난은 장차 우리에게 나타날 영광과 비교할 수 없도다"(로마서 8장 18절)임을 밝힌 바 있다. 탈무드에 "천국의 문은 기도에 닫혀 있더라도 눈물에는 열려 있다"고 했다. 워싱턴 어빙은 "눈물 속에 신성함이 들어 있다. 눈물은 만 개의 혀보다 더 설득력이 있다"고 했다.

이별이란 순간적이건 영원한 것이건 슬픔이 따른다. 사랑하는 가족이나 연인을 떠나보냈을 때 애통함은 형용할 길이 없다.

게오르규는 "시인의 마음을 아프게 하는 사회는 병든 사회"라고 했다. 시인은 우는 사람이고 눈물을 흘릴 줄 모르는 사람은 시인이란 이름을 스스로 지워야 마땅하다. 예수도 공생애 중 세 번이나 울었음을 기억할 일이다. 울음은 기본적으로 슬픔에 뿌리를 둔다. 새로운 것에 대한 삶의 의지로 승화시켜준다.

2014년 4월 16일. 안산의 단원고 2학년 학생들과 일반 승객을 실은 세월호, 제주도로 가던 중 맹골수도에서 꽃송이 학생 250여 명과 기타 승객을 합하여 304명이 바닷속으로 사라졌다. 그날 아침 세월호는 100분 동안 물 위에 떠서 구조를 기다리고 있었다. 1분 1초가 다급한 상황에서 국가는 허둥지둥했다. 국가는 직무유기를 밥 먹듯이 했고, 거짓말과 선동으로 유가족과 희생자를 모욕했다. 세월호 참사 이후 5년이 지난 지금도 진상 규명을 방해하고 구조 실패를 은폐하고 있다. 가해자들은 진실을 왜곡, 비방, 조롱, 몰상식한 망언으로 국민들을 분노케 하고 있다.

"가만히 있으라". 국가가 외면한 억울한 죽음을 놓고 슬픔에 동참은커녕 저주와 적대로 매도하는 일부 정치집단과 개념 없는 이념의 무리들이 우리를 슬프게 한다. 시인은 울음으로 그날을 위무하며 국가의 존재 이유를 질문하고 있다.

구름 가는 하늘 길

서산에 해가 질 때면
창가에 부서지는 노을

구름 잦아드는 해넘이
새들도 유유히 날아들어
가슴에 불을 지핍니다

붉은 불덩이 산 너머로 잠기면
뒤끝 환해지는 눈부신 세계
붉디붉어 황홀한 이별길에
시나브로 잦아드는 잿빛

하루만큼 짧아지는 황혼길
어제도 가고 오늘도 가고
긴긴 여운 잠재우며
또 다른 내일을 그려봅니다

—「저녁노을」 전문

시인은 서쪽 하늘을 벌겋게 물들이는 노을을 바라보며, 그 화려한 소멸에 옷깃을 여미며 다음 일을 저어한다. 황홀한 내 생을 그리며 손 모으고 있다. 석양과 노년은 같은 계열이다. 사라질 뒷모습의 아름다움을 시인은 꿈꾼다. 인간은 소우주. 태어나서 노년을 거쳐 삶의 완성인 죽음에 이른다. 희로애락 은 전 생애를 통하여 반복된다. 슬픔은 기쁨을 기다리고 기쁨 은 슬픔을 기다린다. 신은 누구에게도 완벽한 슬픔과 기쁨을 허용하지 않는다.

시인은 상상의 날개를 달아 광활한 우주를 비행한다. 보다

향기로운 세상을 만들고자 오늘의 살벌과 삭막과 비정을 손사래 치며 세속을 울부짖는 영혼의 소유자다.

3. 성찰과 향수와 소망의 소리

새소리 바람소리 마음의 소리
쫓겨 오듯 달려온 나
깊은 숨 토해내듯
리듬 사이 이어주는 쉼표

10월의 숲은 옷 갈아입기 한창인데
거닐던 거리마다
포개진 발자국 더듬는 나

이러쿵저러쿵 아님 이런들 저런들
세상은 공평한데
비가 지나가야 무지개 뜨는 것

세상 나들이 힘들어도
쉼표가 있어 신바람 난다

—「쉼표」 부분

엘리엇은 "시란 감정의 해방이 아니라 감정으로부터 탈출"이라고 말했다.

노자의 『도덕경』에는 "하늘 그물은 크고 커서 성긴 듯하지만 결코 빠뜨리는 법이 없다"고 했다. 생이 끝나는 날까지 조심하며 신중하게 주의를 기울여 살아가란 뜻이다.

"10월의 숲은 옷 갈아입기 한창인데/거닐던 거리마다/포개진 발자국 더듬는 나". 쉼이 없는 삶은 영혼이 곤고해지고 끝내는 건강을 상실한다. 재산을 아무리 많이 가졌어도 정작 자신이 죽음의 길에 위치한다면 무슨 소용이 있는가. 내가 소멸하는데 재산이 대순가. 쉼은 휴식이고 다음 일을 하기 위한 에너지 충전 시간이다. 쉼을 게을리하거나 소홀히 하면 정신이 혼미해지고 뿐더러 판단 능력이 떨어져서 대사를 그르치기 십상이다.

일주일 중에 하루는 휴일이다. 지금은 법적으로 5일제 근무다. 삶의 질을 높이기 위한 장치다. 인간은 기계가 아니다. 지난 일을 점검하고 앞일을 설계하는 것도 쉼이라는 것을 거쳐야 오류가 덜 발생할 수 있다. 밥을 허겁지겁 빨리 먹으면 소화기능에 적신호가 켜진다. 쉼은 영양제고 생각의 깊이를 더해주는 데 안성맞춤이다. 푸른 초장과 잔잔한 물가로 쉼을 내려놓고 윤기 나는 영혼으로 삶을 영위해야 인생이 살찐다. 시인의 촉수는 쉼표와 이성에 초점을 맞추어 앎과 행동이 한길로 가는 데 이정표를 세워야 한다. 낮은 일이고 밤은 쉼이다. 해와 달은 그 표상이다. 밤을 유효 적절히 관리해야 건강한 일상성을 보장받을 수 있다. 10월의 숲은 단풍으로 옷을 갈아입는다. 단풍잎은 나그네로 변주되어 지나온 생을 돌아본다. 언젠가 이 세상을 떠나 하늘나라로 사뿐히 입적을 소망하는 시인의 눈빛이 웅숭깊다.

기차처럼 길고 긴 날
철길 두 줄에 몸 맡기고

예까지 왔는데
서산의 해는 기울어졌구나

평양(平壤)에서 경성(京城)으로
수학여행 길에서 처음 타본 열차
경적 소리에 뚝 멈춘 멀미

되돌릴 수 없는가
어디든 달려야 하는데
들려오는 아우성에 못이 박혔나

떠날 채비 하나 둘 셋
눈이 멀었나 귀가 멀었나
맨날 그 자리 서버린 기차

38선 경계 임진각
증기기관차 화통 앞에서
일그러진 녹슨 시간을 바라보누나

하늘도 핏줄도 하나인데
너는 어찌하여
달리지 못하는 걸까

—「기차」 전문

우리나라는 지구촌에서 유일한 분단국가다. 긴긴 세월을 한 민족이 남북으로 갈라져 심장에 총부리를 겨누고, 전쟁의 공포 속에서 불안한 일상을 살아오고 있다. 남쪽은 잘사는 나라로, 북쪽은 못사는 나라로 고착화되어 균형의 추도 기울어졌다. 눈만 뜨면 핵이다 미사일이다, 일촉즉발의 위기 속에서 새 정부가 들어서고 평창올림픽을 기점으로 해빙 무드가 조성되었다. 마침내 2018년 4월 남북 두 지도자가 판문점에서 만나 화해의 악수와 포옹을 나누었다. 평화의 메아리가 전 세계적으로 울려 퍼지고 지지와 격려, 느낌표가 한반도를 뒤덮었다.

그러나 2019년 새해 들어 북미관계가 냉각기로 들어서고, 4강의 틈바구니에서 다시 긴장의 시대로 돌아가는 듯한 의심과 불안감이 팽배해진 오늘이다. "38선 경계 임진각/증기기관차 화통 앞에서/일그러진 녹슨 시간을 바라보누나//하늘도 핏줄도 하나인데/너는 어찌하여/왜/달리지 못하는 걸까".

황경운 시인은 고향이 평양이다. 한국전쟁의 참혹과 이산의 고통 등 실향민으로서 분단 조국의 아픔과 비애를 누구보다 잘 알고 있다. 살아갈 날은 점점 짧아지는데 통일한국은 정녕 살아생전에 볼 수 있을까 안타까워하며 가슴속 깊이 기도문을 심어놓고 있다. 철마는 달리고 싶다. 마음만 먹으면 한두 시간 아님 서너 시간이면 고향에 닿을 수 있음을 안다. 주름진 이맛살과 눈물타래 매달려 있는 눈가장자리는 시름 마를 날이 없다. 통일을 염원하는 화자의 민족적 역사의식과 간구가 자못 비장하다.

어둠이 지나면 눈동자 가득 다가서는 산
산사태로 민둥산 되었지

산은 늘 어머니 품속 같아
일상의 눈물과 웃음을 마름질했지

나와 숲,
창조자의 영이 함께 소통하던 곳

토석류(土石流)에 휩쓸린 산자락
눈이 내려와 상처를 덮어주지

여름 가고 다시 겨울
땅속,
초록빛 용솟음 소리 소생을 벼리지
— 「우면산 2」 전문

   2011년 7월 27일. 우면산은 만신창이, 민둥산 되어 피울음을 운다. 산마루에서 끝자락까지 산 어딘들 눈길만 주면 길, 길, 길이다. 나무가, 풀이, 꽃이, 흙과 바위가 살 만한 곳이 하루가 다르게 생의 터전을 잃어버려 곤고해진 산.
   자연은 소음과 공해에 시들어갔다. 숲 마당이 펼쳐질 자리에 공원과 저수지, 주말농장, 산책로, 등산로, 병영로 등 이런저런 이정표 난립으로 산은 남루해지고 병들어갔다.
   하늘은 참다못해 채찍을 들었다. 노여움이 쩌렁쩌렁, 도심의 여름날을 공포의 도가니로 몰아넣었다. 집중호우로 물난리를 당한 인간들의 아우성이 우면산 일대를 핏물로 물들였다. 마을이 황토물에 잠기고 아파트와 도로가 파손되고 사람이 죽거나 다쳤다. 서울 서초구 우면산 산사태는 자연재해는 그렇다 치고 인재가 한몫을 했다. 전문가의 견해에 의하면 대체로 재건축으로 지반이 약해지고 터널을 뚫어 도로를 낸 것이 화를 자초한 것이라고 한다. 문명의 이기와 탐욕은 '무수한

칼질'에 대한 '하늘의 칼날'이 쑥대밭의 눈물로 보여준 것이다. 자연과 인간의 공존을 새삼 깨우쳐준 산사태다.

시인은 그해 여름이 가고 겨울이 토석류에 쓸려간 산자락의 상처를 눈이 내려 포근히 품어주고 있음을 그윽한 눈으로 바라본다. 하루속히 산이 생기를 입고 소생하여 초록빛 소리를 들을 수 있도록 기도하고 있다. 어느 시인은 그때 우면산 참사를 이렇게 읊었다.

"산이 울고/마을이 울고/아파트가 울고/", "비에 젖은 소복으로 가슴 쥐어뜯는/붉은 피 낭자한 거리".

그립고 그리워 못내 그리워
어머니 초상화 그려봅니다

텅 빈 가슴에 차오르는
닿을 듯 닿지 않는
무심한 바람들이 가슴속 불꽃으로 타오릅니다

피붙이 그리는 어미 마음
환한 달빛 되어
베갯머리 비춰줍니다

외로움 그리움 서린 달빛은
생명 샘 마르지 않는 어머니 품

하늘로 이주하신 어머니 초상화 그려봅니다

또렷이 떠오르는 어머니 모습

눈물로 붓질할 수밖에 없는

못다 그린 어머니 얼굴
삶을 놓는 날 그때서야 반듯하게
그릴 것 같습니다

　　　　　　　　　　　　　—「어머니 초상화」 전문

　인간의 고통에서 사랑하는 사람과 헤어지는 고통과 채우지
못하는 고통이 있다. "곤궁해야 선비의 절개가 드러나고, 어지
러워야 충신을 안다." 시는 영혼의 외출이고 날정신이므로 무
의식까지 보여준다.

　"피붙이 그리는 어미 마음/환한 달빛 되어/베갯머리 비춰줍
니다", "못다 그린 어머니 얼굴/삶을 놓는 날 그때서야 반듯하
게/그릴 것 같습니다".

　시인은 일찍이 남과 북으로 갈라져 저세상으로 떠나가신 어
머니에 대해 「어머니 초상화」란 시를 통하여 이별의 회한과
그리움을 눈물 섞어 붓질한다. 한국전쟁으로 말미암아 유년
시절 생이별이 된 짧은 만남, 긴 이별이 너무나 사무치고 애
틋해서 가슴을 치며 불러보는 어머니다. 이 세상에 안 계시니
그 얼굴이라도 추억을 더듬으며 그려보지만 자신할 수 있는
것은 생이 끝날 즈음에야 완성할 것 같다고 말한다.

　어머니란 단어는 세상에서 가장 다스운 낱말이고, 손수건이
고, 생수다. 삶이 팍팍해지거나 그립거나 남북간 긴장 완화로
평화의 조짐이 보이고, 그러다가 통일한국이 당겨지면 「어머
니 초생화」는 봄기운 생기를 입어 단숨에 붓질을 끝낼 것이다.

4. 닫는 말

황경운 시인은 '선인생, 후문학'류에 속하는 문인이다. 시의 길이 삶의 길이고 삶의 길이 곧 시의 길이다. 황 시인은 서정 시인이다. 시세계는 다양한 목소리로 시적 변용을 시도하고 있다. 전 작품에서 드러났듯이 이해하기 쉽게, 누구나 편하게 읽을 수 있도록 언어의 집을 지어놓고 초대하고 있다.

시가 난해하거나 공허하거나 낯선 것과는 거리가 멀다. 실향 민으로서의 가족사와 사모가는 뼛속 깊이 슬픔이 배어 있다. 과거의 삶을 좇는 향토 이미지와 현재 삶을 좇는 도시 이미지 의 조합이 순수 서정과 신앙을 만나 격조 높은 시를 짓는다. 순정한 마음으로 야윈 영혼을 위무해주고 생채기를 싸매준다. 서술형으로 시를 짓기에 누구든 금세 친숙해질 수 있다.

황 시인은 자연과의 교감과 관조, 창조 섭리에 대한 경외심 을 진솔하게 드러낸다. 신에 대한 절대 신뢰와 복종을 볼 때 그녀의 돈독한 신앙심을 유추할 수 있다. 이웃에 대한 배려와 대인관계가 원만하여 참 기독교인으로서의 향기를 실제적 삶 과 시편에 펼쳐놓기도 한다. 삶의 길에서 수없이 획득한 경험 을 통한 성찰과 사유, 끊임없는 존재 확인에 질문을 던진다.

시인은 북녘에 두고 온 어머니와 분단 조국을 애통해하며 일상에 널려 있는 소재로 서정의 시세계를 굳혀가고 있다. 때 때로 문명 비판과 인간의 탐욕에 대하여 예리한 관찰력을 보 여주기도 한다. 휴머니즘과 신앙심은 황경운 시인의 으뜸 덕 목이다.

플라톤은 예술 표현에서 문학의 길은 "어둠의 동굴 속에서 한 줄 빛을 기다리는 것과 같은 행위이며 위대한 작가의 창조행위는 풍요로운 삶에서보다는 아픔과 질곡의 삶길에 오는 것이다."라고 언급했다.

음수사원(陰水思源)이란 말이 있다. 물을 마실 때 물의 근원을 생각하는 마음같이 황 시인의 시작(詩作)의 길도 플라톤의 견해와 함께 이 뜻에 부합하다 하겠다. 다음 기회에 또 다른 시집이 상재되면 다양한 주제로 서정의 울타리를 넘어 시의 지평을 넓히고, 한층 완성도를 높여 시단의 주목받는 시인 되기를 바란다. 첫 번째 시집 출간을 축하하며 건필을 기원한다.